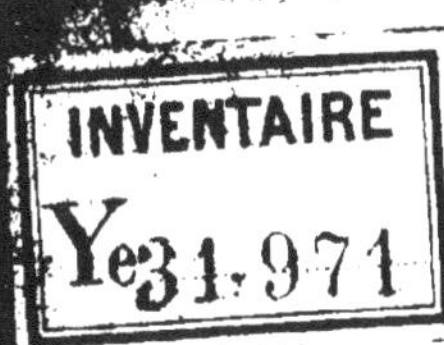

IN EXTREMIS

ADIEUX AU XIXE SIÈCLE

PAR

UN SURVIVANT DU XVIIIE

PARIS

E. DENTU, LIBRAIRE-ÉDITEUR

PALAIS-ROYAL, 17-19, GALERIE D'ORLÉANS

—

1875

IN EXTREMIS

IN EXTREMIS

ADIEUX AU XIXE SIÈCLE

PAR

UN SURVIVANT DU XVIIIE

PARIS

E. DENTU, LIBRAIRE-ÉDITEUR

PALAIS-ROYAL, 17-19, GALERIE D'ORLÉANS

1875

UN MOT D'EXPLICATION

Il y a soixante ans que l'auteur des vers qui
vont suivre a commencé à connaître de près les
maîtres de la science, et la plupart des hommes qui
ont eu la haute direction de notre esprit public en
littérature, en philosophie, en histoire et en politique. Le triumvirat des Guizot, Villemain et Cousin
était alors en grande faveur près de la jeunesse des
écoles ; Laromiguière avait pu se faire une place
à côté d'eux ; Volney, Cabanis et Destutt de Tracy
étaient dans toutes les mains ; Gall avait déjà des
disciples, et sa cranioscopie faisait son chemin dans
le monde, en attendant qu'Auguste Comte y trouvât
les bases du positivisme ; le parlementarisme *à
l'anglaise* entrait dans la politique ; le romantisme
allait venir ; on réhabilitait Shakespeare, en même

1.

temps qu'un autre courant nous venait d'outre-Rhin sous les auspices de Mme de Staël; au matérialisme du XVIIIe siècle, aux traditions de l'*Encyclopédie* toujours vivantes, on opposait les grandeurs du moyen âge et du passé chrétien; de Maistre, de Bonald et Chateaubriand avaient préparé cette réaction que Lamartine et Victor Hugo devaient bientôt représenter dans la poésie et Michelet dans l'histoire; mais le XVIIIe siècle se défendait toujours; la science continuait d'être matérialiste et athée, l'enseignement universitaire païen; l'esprit voltairien se rallumait; Béranger l'entretenait dans le peuple et dans le monde bourgeois; l'esprit républicain, bien que plus contenu alors, se mêlait, comme en sourdine, au concert de toutes les oppositions. Le temps a fait son œuvre, et nous sommes aujourd'hui plus que jamais les fils de Voltaire et de Rousseau. Les corps savants, les académies, les souverains eux-mêmes ont subi les entraînements du siècle.

Quant à l'espèce de réaction littéraire et religieuse qui avait semblé se produire sous le drapeau du romantisme, on en a vu les transformations depuis les cinq premiers volumes de l'*Histoire de France*, de Michelet, aux derniers, depuis les premières *Méditations* de Lamartine à ses *Girondins*, depuis les premières *Odes* de M. Victor Hugo à son *Quatre-Vingt-Treize*, depuis les premières aspirations de Sainte-Beuve à son *Grand Diocèse*[1]. On sait aussi ce que nous ont valu le *Rationalisme* de Cousin, le *Parlementarisme à l'anglaise* de M. Duvergier de Hauranne, et le *Positivisme* de M. Littré. La confusion des langues n'a jamais été plus grande à aucun âge du monde, et nous touchons aux derniers abîmes. Autant les sciences de la matière ont progressé, autant celle de l'âme ou des fins morales et sociales de l'homme a rétrogradé et s'est obscurcie.

On comprendra qu'un contemporain de ces hommes qu'il a vus à l'œuvre, et dont il a lu tous les livres, aurait quelque regret de *s'en aller,* sans un adieu de protestation contre leurs funestes doctrines. Je suis ce contemporain, et je prie mes lecteurs de considérer que j'écris sous la triste

---

1. Discours au Sénat, du 19 mai 1868.

impression des malheurs de la France et des égarements qui les lui ont attirés. Ce n'est pas une vaine satisfaction d'esprit que j'ai cherchée dans cette course rapide à travers les vanités de notre temps. Les noms que j'ai rencontrés sont ceux d'hommes dont je suis loin de méconnaître la science et le talent, dont je ne voudrais pas non plus mettre en doute les intentions, mais qui, dans la sophistique à outrance à laquelle ils sont livrés, semblent avoir perdu le sens national avec tous les autres. Combien seraient coupables ceux d'entre eux qui, éclairés par l'expérience et plus ou moins désabusés, ne mettraient pas au service du pays l'autorité qui leur est acquise !

Mais que peuvent-ils et que peut la France aujourd'hui devant les périls et les complications du dehors? A quelle date historique rapporter cette politique d'usurpation qui tient l'Europe entière en armes, si ce n'est à celle qui a fait entrer dans les conseils des souverains le mauvais esprit du xviiie siècle, et qui remonte au démembrement de la Pologne catholique? Ce n'est pas ici le lieu d'étudier ce mouvement imprimé par les philosophes et qui s'est continué, de notre temps, sous la couverture du principe *des nationalités*. J'ai essayé de le faire ailleurs[1]. Il me suffit, sur ce point, de demander ce que la civilisation et l'humanité peuvent avoir à gagner dans cette politique de guerre et d'armements sans fin.

Ce ne sont pas les peuples qui se porteraient d'eux-mêmes à la guerre. Pourquoi les y pousser; pourquoi les exciter les uns contre les autres, en leur offrant l'appât de frontières factices qu'ils sont condamnés à défendre, et dont la possession n'est jamais bien assurée? Pourquoi les diviser en vainqueurs et en vaincus, le plus souvent même en oppresseurs et en opprimés, jusqu'au point de disputer à ceux-ci l'exercice de leur culte et l'usage de leur langue native? Est-il attentat plus grand? Que sont devenus ces principes *de tolérance* invoqués si bruyamment à Berlin, sous les auspices d'un roi-philosophe, à la plus grande gloire du XVIIIe siècle? Est-ce là *cette lumière qui devait nous venir du Nord*? Oh! que les rois seraient mieux inspirés,

---

1. *Où en est le droit des gens en Europe?* 1873.

s'ils s'attachaient à mériter le nom de *pasteurs des peuples* qui leur a été attribué dans l'origine, au lieu d'en être *les loups dévorants!* Dans l'état actuel de la civilisation, le véritable but à poursuivre est celui de *la sainte alliance des peuples,* cimentée par de bons traités de commerce; mais de même que Platon voulait chasser les poëtes de sa république, de même et à plus forte raison, si l'Europe devait entrer dans une politique de paix, son premier soin devrait être aussi d'éconduire ses sophistes, pour ne pas dire la philosophie elle-même que Voltaire voulait *faire asseoir sur tous les trônes.*

ATHANASE RENARD,
Ancien Député de la Haute-Marne.

Bourbonne. Mars 1875.

IN EXTREMIS

I.

Égaux devant Dieu que nous sommes,
Comment peut-il sortir de nous
Des rois qui ne sont que des hommes,
Et qui devant la loi nous tiennent à genoux ?

C'est que pour nous la loi devait être vivante,
Et qu'elle est l'arme du pouvoir ;
C'est que la charge en est pesante,
Et qu'elle impose un grand devoir
A celui qui la représente ;

C'est que la loi peut seule au plus fort égaler
     Le faible qu'on voit chanceler ;
C'est enfin que celui qui de Dieu tient la place,
     Et qui se dit roi *par sa grâce,*
     Est responsable devant lui
De l'emploi du pouvoir qu'il doit à son appui.

     Cette loi, c'est le Décalogue ;
  De Dieu lui-même elle est en nous la voix,
     Si haute et si simple à la fois,
Qu'elle a du Sinaï passé dans l'apologue
     Ouvert aux vérités du cœur,
Et qu'un enfant la parle aussi bien qu'un docteur.

I.

Est-il vrai cependant qu'au sein de nos écoles,
On nous la décompose en systèmes frivoles
     Où se cache l'impiété,
     Que de nouveaux anges rebelles,
En leur aveugle orgueil, aient follement tenté
D'en obscurcir en nous les splendeurs éternelles ?

Anges rebelles ou Titans,
Même race de tous les temps.
Ceux du nôtre engagés dans des routes nouvelles
Où l'esprit peut se passer d'ailes,
Microscope et scalpel en main,
S'abattent sur le corps humain.

La méthode expérimentale
Est le mot d'ordre convenu,
Méthode à tous crins, vrai dédale
Où les suit plus d'un ingénu.
Leur science a passé comme l'eau dans un crible,
En dressant devant eux l'absurde et l'impossible.

Dieu supprimé, l'empire absolu *du cerveau,*
L'entendement cherché dans la matière,
En attendant qu'il y tombe en poussière,
Le voilà cet esprit qui s'appelle *nouveau!*

Comment le sortir de sa cangue?
Il a fallu changer la langue.
Gall, Auguste Comte, et Littré
N'ont gagné que le ridicule
A cet effort désespéré

Qui se poursuit dans *la cellule*.
O cellule, digne d'About
Qui devait s'y trouver à bout!

III.

Notre siècle s'est dit l'âge de la science ;
Et la science a fait qu'on ne croit plus à rien,
Qu'on s'est vidé la conscience,
Et que *le Vrai, le Beau, le Bien,*
Ne sont plus que des mots de convention pure,
Et dont chacun se donne à son gré la mesure.

Hégel a trouvé le moyen
De trancher le nœud gordien :
C'est *l'identité du contraire*
Et du contradictoire... O langue de faussaire!
Un fleuve nous en séparait :
Cousin, tout en cédant, du mot se défendait;
Mais plus hardis, Schérer et Taine
En ont levé la quarantaine,

Et nous voyons ainsi, contradictoirement,

Qu'on peut aller directement,

Par des chemins nouveaux qui ne sont plus contraires,

A la gloire comme aux galères.

Et comme la pratique y répugne, on nous dit,

Sur un ton qui vise à l'esprit,

Qu'on peut être, à son heure, *un homme comme un autre,*

A la porte laisser *l'apôtre,*

Et dans l'occasion s'humaniser si bien

Qu'on revienne à l'état de simple citoyen.

Taine le veut, Renan lui-même,

Encore un peu mouillé des eaux de son baptème,

Et reprenant ses airs dévots,

D'àme et de Dieu veut bien nous laisser *les vieux mots.*

Les hommes de Quatre-vingt-treize

Eux-mêmes s'y trouvaient à l'aise,

Et les avaient fait décréter :

Comment ne pas s'en contenter!

Nos esprits forts en ont endossé la livrée,

Forts contre Dieu qu'ils ont chassé de la maison ;

La vieille foi s'est retirée ;

L'homme est son maître enfin ; la déesse RAISON

Dans le monde a fait son entrée.

IV.

Les deux Victor, Hugo, Cousin,

Chacun à leur manière, en style sibyllin,

Donnaient le branle au monde avec une préface.

A les lire, on aurait pensé, de bonne foi,

Qu'ils avaient vu Dieu face à face,

Et qu'ils nous apportaient sa loi.

Mais ce Dieu n'était que de plâtre,

Et d'alliage anglo-germain,

De ces dieux bons pour le théâtre,

Et qui se cassent en chemin.

Laissons-en les débris dans les mains des fidèles ;

    On en rajustera les ailes,

    Et tout ce plâtre est mêlé d'or.

Ceux qui choisiront bien s'en feront un trésor ;

Hugo nous l'a montré : l'homme n'est qu'un mélange

    Où se confond la bête et l'ange.

Ange favorisé, trop près de l'encensoir,

Avec l'encens, l'orgueil est entré dans sa tête ;

    Et sa chute lui vient d'avoir

    A l'ange préféré la bête.

Encore enveloppé des brumes d'outre-Rhin,

    Mais cherchant un ciel plus serein,

    Cousin, perdu dans l'éclectisme,

Arbore le drapeau du rationalisme :

    Heureux drapeau qui mène à tout,

Qui couvre tout ce que la réussite absout !

Morale du succès, morale indépendante,

    Ou *d'intérét bien entendu,*

    Dans ses combinaisons perdu,

Cet abri si vanté n'est plus même une tente

2.

Où l'homme si fragile et prompt à s'abuser,
    Puisse un moment se reposer.

La raison n'est de nous qu'une moitié ; c'est elle
    En nous qui fait l'ange rebelle ;
Elle est aussi l'orgueil, en tout homme caché,
Qui le fait revenir à son premier péché :
Cherchons-la plus avant dans notre conscience ;
Et du mal et du bien nous aurons la science.

    Cousin n'a pas voulu le voir ;
Il a mal écouté les voix intérieures,
    Et s'est égaré pour avoir
    A midi cherché quatorze heures.

V.

Duvergier de Hauranne, aussi troublé que lui,
Dans la loi du contraire a cherché son appui.
    Du régime parlementaire
    On voit en lui le doctrinaire ;

Et tout gouvernement qui veut ne pas périr
Est tenu de s'en enquérir.

On en a fait sous lui l'expérience ;
Il osait bien nous dire, en sectaire naïf,
Que l'idéal du représentatif
Est de pouvoir voter contre sa conscience ;
Qu'on peut aller du noir au blanc,
Sans cesser d'être ressemblant ;
Que les majorités peuvent être *factices*,
A la condition qu'on en tienne le fil ;
Et si vous reculiez devant ces artifices,
Il vous traitait de *puéril*.

Nouvel Éole, il mettait la morale
A la merci du vent qui fait l'opinion
Comme la mode, et fondait l'*union*
Des contraires partis, qui se dit *libérale*.

C'était le roi surtout qu'il tenait à *couvrir* :
Pauvre roi dont le ministère
Était si transparent qu'on le voyait derrière !
Comment ne pas y compatir !

Et comme de *la transparence,*
On ne pouvait, la charte en main,
Jusqu'au roi se faire un chemin,
On a trouvé *l'insuffisance.*

Devant la Chambre vains efforts !
Il a fallu bientôt soulever le dehors :
On machina si bien que le parlementaire,
Avec le roi, s'en est allé par terre.

O Duvergier, soyez content !
La république vous attend,
Non pas celle de l'Amérique
Où les trois pouvoirs sont vivants,
Mais celle qu'on emprunte à la place publique
Où se déchaînent tous les vents.

Cousin vous contenait dans sa philosophie.
Vous aimez les buissons, vous venez comme lui
De la raison qu'on déifie,
Et qui, plus que jamais, trône encore aujourd'hui.
La chaire se retrouve ici dans la tribune,
Et vos doctrines n'en font qu'une.

VI.

Vous avez tout détruit, la foi comme la loi,
Car elles ne sont plus pour nous que lettre morte,
        Et vous avez fermé la porte
Au respect que chacun leur accordait en soi ;
Vous avez chassé Dieu, vous avez pris sa place,
Et vous êtes vantés de le braver en face.

        On vous a lus : le peuple vous connaît,
        Grâce aux journaux d'estaminet
        Dont vous avez toutes les bouches,
Et qui sont en faveur près des nouvelles couches.

Ah ! vous le savez bien, vous mentez au pays :
Quel est chez nous le droit qui ne soit pas acquis ?
Pourquoi nous soulever les uns contre les autres,
Et de l'égalité vous dire les apôtres,
Exploiter en son nom des sentiments jaloux,
Quand elle n'a jamais plus régné que chez nous ?

Mais la loi du contraire et du contradictoire
Est au fond de toute écritoire;
Et Schérer est derrière vous,
Prêt à vous faire les yeux doux.
La science du temps nous a fait assez d'ombre,
Et vous pouvez tout dire au nombre.

En avez-vous tout le mérite? Non :
Vous n'en avez que la façon.
Ne vous vantez pas trop, messieurs les démagogues,
Et souvenez-vous bien que l'université,
Mère de toute vérité,
Vous a donné des pédagogues.

O progrès des fausses clartés
Des plus basses idolâtries,
Plus mortel aux sociétés
Que la pire des barbaries!

VII.

Vous nous avez fermé le ciel :
Eh bien, contentons-nous de l'universitaire,

Et restons dans le terre à terre
Où se tient retranché le monde officiel.

On nous élève à la romaine ;
A l'anglaise, à l'américaine ;
On fausse notre histoire, on nous porte au mépris
Du passé qui nous est acquis.

Voltaire avait sapé notre foi séculaire,
Et Rousseau, toute royauté.
Nous datons maintenant de cette nouvelle ère,
Ère de toute impiété.

Les temps étaient venus ; la royauté française
Qui nous donnait Quatre-vingt-neuf
A rencontré Quatre-vingt-treize
Qui, dans le vieux cherchant du neuf,
Abolissait la loi chrétienne,
Et nous rendait les dieux de la Rome païenne.

Nous avons vu, depuis, bien des gouvernements
Nés du chaos d'événements
Qui déjouaient toute sagesse humaine,
Et nous ne savons pas encore où Dieu nous mène.

Si nous ne cherchons pas, d'autres le font pour nous :
Tout bercail attire les loups;
Les nôtres sont les loups de la démagogie,
Saupoudrés de mythologie.
Sans eux, tout bon Français vivrait tranquille en soi
Du décalogue et de la loi.

Que nous ont-ils donné? La guerre et la ruine,
Des lois de rapine et de sang,
La banqueroute à trois pour cent,
Les assignats, la guillotine,
La lanterne, le *Ça ira,*
La *Marseillaise,* et tout ce qu'on voudra
De déclamations, de chants tyrannicides,
Et les fêtes *Sans-culottides.*

Et quel fut le rachat de tant de sang versé?
Que nous ont-ils enfin laissé?
L'Empire né du Directoire,
L'Empire, vieux témoin de leurs conversions,
Et des lâches contorsions
De ces plats désaveux qu'on échange après boire.

Ils ont régné trois fois : sinistre souvenir,

Encore menaçant pour nous dans l'avenir!

Les faits sont là : tout leur symbole

En deux mots se résout : l'otage et le pétrole.

Oh ! qui nous en délivrera!

Que veulent-ils de nous, du beau pays de France,

Dont l'avenir obscur est tout à l'espérance,

Et promet tant de gloire à qui le sauvera!

VIII.

Mais la France, dès le collége,

Est elle-même prise au piége ;

Elle a sucé le lait de l'Université

Qui, dans sa vieille idolâtrie,

Nous fait une fausse patrie

De la païenne antiquité.

On attise en nous cette flamme

Mortelle à l'esprit comme à l'âme,

Et qui brûle sans éclairer.

Nous en sommes à préférer,

Dans l'aveuglement qui nous gagne
Et nous livre à tous les hasards,
La Rome des Brutus et même des Césars
A la Rome de Charlemagne.

Et l'Université, muette en son orgueil,
De la France mène le deuil !
A cet esprit qui s'appelle *moderne*
Ouvrant la marche, en ses longs plis, l'œil terne,
Elle nous livre à l'étranger
Qui dans Rome chrétienne ose nous assiéger !

Ce qu'on attaque là, c'est *le Verbe fait homme :*
On ne veut l'étouffer dans Rome
Que pour nous le mettre à Berlin,
Comme un soleil à son déclin ;
Mais ce soleil a vu passer bien des nuages
Et devant ses rayons tomber bien des orages.

Étrange ligue où se confond
Tout ce que les hommes défont
Dans l'œuvre de la loi divine,
Où, désertant leur origine,

On voit se rapprocher, pour la première fois,
     Les libres-penseurs et les rois !

        Le protestantisme lui-même
A trouvé l'heure bonne ; elle est plutôt suprême,
        Aussi bien pour lui que pour nous.
        Cette primauté de saint Pierre
        Dont il se montre si jaloux,
        N'est-elle pas aussi sa pierre ?

        Et que serait-il aujourd'hui,
Dans ses déchirements, sans le dernier appui
        Que le monde entier trouve en elle,
Et que ne peut offrir aucune foi nouvelle ?

Zélateurs d'un progrès si vainement rêvé,
Quel est pour vous le fruit de cet effort impie ?
    Depuis saint Pierre au neuvième des Pie,
Vous avez tout cherché, vous n'avez rien trouvé,

Et depuis qu'à Berlin vous avez votre pape,
Vous ne savez pas même en garder la pudeur ;

Vous nous en faites un sauveur,

Et levez contre nous la dernière soupape.

Fils de Voltaire, on vous connaît ;

Le dernier siècle en vous renaît :

Le Christ a les honneurs de votre intolérance ;

Et dussions-nous périr en lui jusqu'au dernier,

Nouveaux Judas, vous vendriez la France

A l'étranger, pour un denier.

IX.

Enfants d'une mère commune,

Et de l'Église toujours une

En Jésus-Christ, vous tous en qui le culte saint

Du vrai, du droit, n'est pas encore éteint,

Serrez vos rangs ; le barbare est aux portes,

Et le temps est venu qui veut des âmes fortes.

Le mal est en haut comme en bas,

D'autant plus dangereux qu'il ne se nomme pas,

Qu'il est de bonne compagnie,
Et que d'habiles professeurs
En ont déguisé les laideurs
Et fait passer la théorie.

D'où vient ce mal? Il est d'abord en nous
Qui sommes ses premiers complices,
Heureux de nous en faire, avec un soin jaloux,
La couverture de nos vices;
Il est dans notre attrait pour toute nouveauté
Qui nous cache la vérité;
Mais si chacun s'y fortifie,
C'est qu'il est avant tout dans la philosophie.

Le philosophe-roi qui trônait à Berlin,
Par les nôtres vers nous se frayant un chemin,
S'en faisait une cour où régnait la licence,
Sous le beau nom de tolérance;
Voltaire l'appelait *son roi,*
Son maître en politique; et notre désarroi
Qui réjouit tout le camp démocrate,
Se préparait ainsi de longue date.

3.

O châtiment bien mérité !
Le lendemain du jour où la statue
De Voltaire, à Paris, conquérait une rue
Le roi de Prusse en prenait la cité !

Garibaldi changeait notre géographie
Dans ses voyages d'outre-mont
Concertés avec le Piémont :
Gloire encore et toujours à la philosophie !

Quel est le philosophe, en effet, qui n'a pas
Trouvé bon qu'on eût mis le temporel à bas,
Volé ce que, depuis des siècles, le fidèle
Avait accumulé dans la ville éternelle !

Et les rois, de quel œil ont-ils vu ces méfaits ?
De la ause de Dieu depuis longtemps distraits,
Les rois dans les dangers suprêmes,
Ne comptent plus que sur eux-mêmes ;
Ils sont les dieux de leurs sujets ;
La foi se formule en décrets :

C'est le mot sans la chose, un habit d'ordonnance,
A porter dans la circonstance.

Encore si les rois qui se posent ainsi
Du droit, de la justice, avaient quelque souci :
Non, tout ce que la loi divine
A défendu, la fraude, la rapine,
Ils se sont tout permis : que penser de la leur ?
Ils n'en ont plus que la couleur.

X.

O rois, jetez les yeux sur la carte d'Europe
Où le moderne esprit déjà vous enveloppe,
Esprit que vous avez vous-mêmes protégé,
Comblé d'honneurs, encouragé,
Poussé dans vos académies
Qui sont vos pires ennemies.

Défiez-vous de cet encens
Qui va des docteurs aux puissants,

De cet encens dont le flot se déroule
En passant du trône à la foule.

Jésus-Christ les trouvait déjà sur son chemin,
Ces docteurs de la loi qui ne l'ont qu'à la main,
Comme un écriteau qu'on déchire
Et que chacun peut contredire.

Comment trouver le temps, le lieu
La tribune, le livre ouvert à qui sait lire,
En un mot, le moyen de dire ou bien d'écrire
Ce que vous avez fait contre la loi de Dieu!

A qui suit cette loi le devoir est facile,
A qui s'en écarte, importun.
Le mal a des chemins qui se comptent par mille,
Et la justice n'en a qu'un.

Dieu vous gêne dans son vicaire;
Et non contents de vous en séparer,
Vous, la tige du tronc, vous lui faites la guerre,
Et lui fermez le monde au lieu de l'honorer.

Tout prisonnier qu'il est, vous le craignez encore !
Il est plus grand que vous dans sa captivité.
Ce que l'homme défait, Dieu souvent le restaure ;
Mais il est patient dans son éternité.
Vous allez vite, vous ; mais la royauté passe,
Et du mal à la fin l'humanité se lasse.

Adieu, rois qui manquez à votre mission ;
Vous caressez en vain la Révolution
Qui vous a détournés des sources de la vie ;
Et c'est à vos dépens que vous l'aurez servie.

Dieu vous sert encore à trôner ;
Vous l'usez tous les jours, et l'art de gouverner
N'est plus pour vous qu'une industrie.
Quelle est cette autre théorie
De races, de milieux, d'annexions sans fin,
Qui cherche un ennemi dans tout peuple voisin ?

C'est vous qui les soufflez ces haines
Aux quatre coins de vos domaines,
Et qui du sang de vos sujets
Trafiquez dans vos cabinets.

C'est le temps qui fait les patries,
Dieu qui les sacre, et ce n'est pas
Plus vous que vos chancelleries
Qui pouvez les changer d'en bas.

Les nations sont sœurs et les hommes sont frères.
Oh! vienne enfin le jour où cette vérité
Déjoûra devant Dieu vos complots sanguinaires
Et luira sur l'humanité!

FIN.

DU MÊME AUTEUR

SUR LES MÊMES QUESTIONS.

1848. *Avant, pendant et après.* Comédie en cinq actes, en vers libres. 1865.

Franc-Gauloises. *Vers et prose à travers les vanités du siècle.* 1866, 2 volumes. — *Un complément nécessaire.* 1867.

Le Parlementarisme et le Philosophisme révolutionnaire. 1872, Paris, Dentu.

Articles insérés dans *le Contemporain.* Livraisons des 1er juin et 1er novembre 1873 et 1er août 1874 :

La Politique du jour étudiée dans le passé.
Où en est le droit des gens en Europe?
L'Esthétique de M. Victor Hugo.

OUVRAGE TERMINÉ MAIS ENCORE INÉDIT

Les Philosophes et la Philosophie. — Un fort volume.

SOMMAIRE DE L'OUVRAGE :

Première partie. — École de Bacon (*naturalisme ou matérialisme scientifique, athéisme, positivisme*). — Bacon — Locke — Condillac et ses derniers successeurs, Destutt de Tracy et Laromiguière — Cabanis — Volney. — L'Anatomie et la Physiologie dans la Philosophie. — Le bilan du Matérialisme scientifique. — Le Matérialisme n'est pas français.

École de Descartes (*idéalisme, spiritualisme, panthéisme, éclectisme, rationalisme*). — Descartes — Cousin — principaux disciples et contemporains de Cousin, dans la philosophie.

École de tout le monde ou philosophie du sens commun. — Raison d'être ou légitimité de cette philosophie. — Ses initiateurs et principaux représentants : Bossuet, Fénelon, Buffier, Guénard, les philosophes écossais, Royer-Collard, Cousin, Jouffroy, Bautain, Balmès, Lélut, etc. — Voyage philosophique en compagnie de M. Lélut. — Le sens commun dans ses rapports nécessaires avec la langue de tout le monde. — Le sens commun dans ses rapports de synonymie avec la raison dite *universelle,* par de Bonald, et *impersonnelle,* par M. Bouillier. — Résumé des deux chapitres précédents. — Un mot de ce qui précède et de ce qui va suivre.

Deuxième partie. — Sommaire analytique et critique des matières de la philosophie. — Psychologie. — Métaphysique. — Logique. — Esthétique. — Morale. — Politique. — Historiens de la philosophie — Lexicographie philosophique. — Biographie et bibliographie philosophiques. — Pédagogie : l'enseignement, les méthodes et les classifications. — L'enseignement universitaire ou païen.

L'enseignement des faits. — Conclusion.

P.-S. — Le Contemporain vient de publier, dans ses livraisons des 1er mars et 1er avril, la partie de cet ouvrage qui comprend l'*École de Descartes.*

PARIS. — J. CLAYE, IMPRIMEUR, 7, RUE SAINT-BENOIT. — [613]

www.ingramcontent.com/pod-product-compliance
Ingram Content Group UK Ltd.
Pitfield, Milton Keynes, MK11 3LW, UK
UKHW031734170726
13836UKWH00002B/638